바람의 눈빛으로

이성두 네 번째 시집

서 언

금년에 꼭 하고자 하는 일 몇 가지를 선정했었다. 그러나 차일 피일 차일피일 그러면서 뒷짐만 지고 다니다가 창밖에서 시월의 마지막 밤을 노래하는 소리에 깜짝 놀랐다. 뭐야? 벌써 시월의 마지막 날이라고? 이런 젠장 시간을 잊고 살았네. 뒷일로 미룬다고 글쎄 무슨 이자가 생기는 것도 아닌데, 자꾸 뒤로만 미루고 살았네. 미루고 미루다가 결국 이루지 못한 숱한 경험이 있으면서도, 아직도 고집스럽게 미루는 것을 달고 다닌다.

그래, 이제라도 정신 차리고 한 번 해보자. 그동안 싸놓은, 아직은 어색한 미숙아 같은 글들을 불러내자. 한 번쯤은 아내와의 일상에 대해서 시집을 별도로 내고 싶었다. 그러나 그렇게 하진 못했다. 결국 삶의 푸념 정도일 것 같아서다. 그래서 이번에 일부분 할애했을 뿐이다.

천지도 모르고 살아온 날들, 그래서 행복한 줄도 모르고 통통거렸던 지난 철없는 시간에 대한 깊은 반성의 의미를 실은 시를 쓰고 싶었다.

그래, 그랬다, 내 시의 근본은 아내다. 처절하도록 아픈 현실에서 남자가 알지 못하는 여자의 신비가 사라져 버렸다.

눈물, 조절되지 않는 여자의 눈물을 감당해야 했기에 나는 첫 시집을 『이브의 눈물』이라고 했다. 아내가 쓰러지고 난 후에 보이지 않는 것이 많이 노출되었다. 아니, 보았기 때문이다.

나의 행복은 어디 있는가?

행복은 결국 평범한 일상이었는데, 그것도 모르고 살았다. 지난 시간을 돌아보고 후회하며 두 번째 시집을 내놓았다.

아프고 병들고 지지고 볶고 싸우고 했던 것들도 지나보니 행복이었다는 것을 깨달았다. 쯔쯧 『행복한 줄도 모르고』라고 혼잣말 같은 두 번째 시집이다.

제발 일어나 싸우자. 돈으로 웃고 돈으로 걱정하고 돈으로 싸우자. 그때가 그립다고 했다.

그러나 쉽게 일어나지 못했다. 아무리 소리치고 아무리 염원해도 결코 쉽게 일어나지 못했다. 어떻게든지 아내가 일어나 걸었으면 좋겠다는 염원은 아직도 이어지고 있다. 밤이면 밤마다 조금씩 조금씩 피어나는 달맞이꽃처럼 일어나서 걷기를 바라는 의미에서 『달밤달밤 발밤발밤』으로 했다.

이제 네 번째 시집이다. 사람이 나이를 먹으면 그만큼 성숙해진다. 그런데 벌써 네 번째 시집을 발간하면서 첫 번째보다는 발전했을까? 그렇다면 성숙해진 것은 무엇인가?

이제 또 다른 눈으로 세상을 바라보고자 한다. 그런 의미에서 바라보는 제3의 눈이 『바람의 눈빛』이다. 바람의 눈빛으로 세상을 조명해 보고자 한다.

2023년 11월 5일
이 성 두

● 목 차 ●

2. 태초의 모습

3. 아이러니

4. 허물을 벗으며

1

어떤 그리움

입맛

고백하건대 내 평생 살아와도
내 입맛 맞추기만 했지,
아내 입맛 한 번 맞춰 본 적 없다

아내는 내, 먹는 모습 보며 즐거워했고
나는 즐거워하는 아내 모습 보며 먹었다
그런 아내가 인형처럼 누웠다.

밥도 내가 하고 빨래도 내가 한다
내 입맛은 뒤로 두고
아내 입맛만 맞추는데
입맛이 까다로운지 입맛이 없는 건지
어제도 오늘도 도무지 먹질 않는다

나는 속상해하면서 마구 먹는다
나는 미안해하면서 마구 먹는다

나의 예수님

그날, 바라바보다 더 못난, 바라바보다 더 못된
내 죄를 몽땅 안고 아내가 쓰러졌습니다
보라고 봐야 한다고 내 눈앞에서 쓰러지고서야
관절 하나 없는 세상 허재비도 끝내 무너지듯 꿇고
경직된 시월의 밤에 갇힌 벽마저 흐느꼈습니다

팔다리 묶는 바쁜 발소리들은 골고다 언덕을 향하듯
빡빡 민 머리에 재갈을 물리고
죄의 삶을 끄집어내는 일,
그 일은 세상을 지우는 일이었습니다

가시면류관으로 꽁꽁 묶은 머리에는 피가 흐르고,
감긴 눈에는 눈물이 흐르던 밤
적막에 매달린 슬픔엔 온통 핏빛뿐이었습니다

엎드려 빌고, 울며 기도하고.
애꿎은 벽만 두드리던 밤

꺼억꺼억 멈추지 않는 소리, 절제하지 않는 소리.
아! 내가 잘못했다고, 내 죄라고, 제발 용서해 달라고

파노라마처럼 펼쳐지는 죄악들을 눈물로 씻었습니다

죄의 삶이 회개의 삶 되어 천정의 뱀이 사라졌습니다
소리를 찾고 기억을 찾고 믿음마저 찾은 41개월 지난
오늘, 아내는 캘린더에서 생일도 찾아냅니다

때마다 휠체어에 앉은 표정 없는 옆모습이
영판 예수님입니다
흐트러진 머리카락마저 꼬옥 예수님입니다
아내는 생일을 찾고 나는 예수님을 찾았습니다

내게 선악을 알게 하고, 지난 일을 회개하게 하고
감사함을 깨닫게 하고, 간절한 믿음을 갖게 한 아내
당신은 당신의 몸으로 비로소,
내 믿음을 찾게 한 예수님입니다

어떤 그리움

당신이 쓰러진 지 열하루가 되어서야
겨우 정리차 가 볼 수가 있었는데
그날 빈 가게는 홀로 아무 말 못 하고
이 구석 저 구석에서 휑한 바람만 베고 누웠더라

우물 속 같은 적막에
회오리치는 슬픈 기억의 몸부림으로
내 속 저 밑바닥 소리는
용수철처럼 튀어
견딜 수 없어, 견딜 수 없어, 더는 견딜 수 없어
괜스레 가지 않아도 될 화장실을 가는데
뒤따르는 복도는 더 울먹이며 펑펑펑
영문도 모른 채 따라 울더라

이제 당신과 올 수도 없고
오지 않을 곳이 되고야 만 여기서
이야기하고, 웃고
때마다 밥 먹고,
때론 싸우고,
어쩌다 돈으로 고민하고

돈으로 다투고
돈으로 웃곤 했는데
그런 일상의 이야기는 흔적 하나 없고
빈 시간이면 즐겨 만지작거리던
방전된 핸드폰만 내팽개쳐진 채
병상의 당신처럼 말없이 쓰러져 있네
아! 제발, 제발, 제발.
어서 일어나 싸우자
지지고 볶고 또 싸우자
돈으로 고민하고, 돈으로 다투고,
돈으로 웃어보자
그것이 그립다.

눈치

아픈 여자는 잠만 잡니다
때마다 소리라도 흔들어야 겨우 죽이나 먹지만
강제하지 않으면 침묵하고 맙니다

몇 년 동안 어색도 익숙해져
만 잠의 끝은 외롭기만 합니다
시도 때도 없는 홑 잠은 더 그렇습니다

이사 온 날부터 방은 고요의 영역입니다
지난해 팔공에 쌓인 낙엽처럼
지난해 설악에 쌓인 눈처럼
숫눈 내린 방입니다

소리가 외로울까 거실 한자리 굳힌 채
세 해가 넘어도 아직도
방까지 오지 못하고 그 자리 그대로입니다

식히지 못한 가슴은 눈치마저도 굳었습니다
거기서 여기까지가
그토록 머나먼 길인가 봅니다

눈을 껌뻑이는 불빛은 기대한 율동이 없다고
간혹, 실망스럽게
꺼벙한 눈만 껌벅거릴 뿐입니다
몇 발짝 되지도 않는 이 거리가 그리도 멀기만 한지

외로운 침상은 몸부림도 없고
숨도 못 쉬는 침묵뿐이라
행여 쫓겨날까나 눈치만 살핍니다

어둠이 아름다운 밤,
은은한 불빛만 붙잡아놓아도 온몸이 붉은 침묵
끌어안고 실망스럽게 뒹구는 그런 날
폭닥폭닥 먼지가 나도록 짓뭉개는
소란이 가득한 기약 없는 그날을 기다립니다

약속

하고픈 것, 갖고픈 것, 먹고픈 것, 온갖 픈 것 다 사르고
오직 가족 위해 바둥바둥 살아왔건만
그 이유만으로 가려움조차 긁지 못하는 것입니까
그래서 이렇게 멈추어 있는 것입니까
언젠가 멈추는 세월이 있다는 것 알았지만
내 것인지 그대 것인지 피하고만 살았어요
내 눈에 보이는 멈춤이
그대 눈에 보이는 멈춤보다 더 아픈 것은
지난 기억이 살아 있기 때문입니다
그대 말 한마디 안 해도 슬픔뿐이란 것
그대 눈길 한번 안 줘도 아픔뿐이란 것
이제 내 살갗에 닿는 공기의 감촉만으로도 알아요

생사의 틈에서 사정없이 굳어버린 날
당신 귀에다 약속했던 것처럼
절대로 당신 곁에서 떨어지지 않는다고
언제까지나 당신 곁에 내가 있을 거라고
컴컴한 벽에다 하염없이 고백했던 것처럼
오늘도 되새김합니다
당신이 내 옆을 지킨 것처럼
하나님이 우리 곁을 지키시는 것처럼

이유

아내를 휠체어에 태우고

주방으로 들어섭니다
나는 아내 앞에서 북어를 북북 찢었어요
냄비에 물을 붓고
찢은 북어를 넣었어요

무를 얼마나 넣을까?
소금은 이쯤 하면 돼?
다시다는 얼만큼 넣어? 마늘은?
이것도 물어보고 저것도 물어봅니다

그냥 적당히 끓이면 되는데
굳이 물어봅니다
아내는 아무리 물어도 간 없는 대답입니다
아내는 아무리 물어도 표정이 없습니다
나는 때마다 묻고
아내는 때마다 표정이 없습니다

어떤 행복

귀찮음보다 굶는 게 좋아
챙겨주지 않으면 안 먹었다

어쩌다 아내가 쓰러진 날부터
아내는 내가 되었고
나는 아내가 되었다

차려주지 않아도, 차려줘도
마냥 눈길 하나 붙잡지 못하면
굶고야 마는 아내

때마다 짐 같은 고민이
남자의 행복으로 전이 되었나

비록, 누워 움직이지 못한다 해도
숨은 입맛이라도 하나 찾아내면
행복한 표정을 내 가슴에 심는다

비 오고 맑음

아픈 아내는 비 오면 생각 난데요
꼭, 비 오는 날이면 먹고 싶데요
집 인근 시장에 갔습니다
여기저기 이것저것 두리번거리는 물가가
소금 친 미꾸라지처럼 퍼덕 퍼덕이며
튀김은 이미 그릇 밖으로 튀어 나가버렸나
상인을 억울하게 하니 자취가 묘연합니다

배곯음을 알아, 빠트릴 수 없는 이름을 불러봅니다
파전 한 장에 삼천 원! 부추 전 한 장에 삼천 원!
배추 전 한 장에 삼천 원! 순대 오천 원!
한쪽 물지게에서 육천 원!
짬뽕 국물이 소리칩니다

아내의 작은 배는 만선입니다
비는 오는데 아내는 맑음입니다
비가 와도 거실 빨래는 다 말랐습니다

가방

그것은 자유의 안식처요
속박으로부터 해방된 공간이요
목 죈 현실의 올가미를 풀어
가슴 펼치는 반려자입니다

그것은 자유의 오르가즘이지요
여자가 비로소 필요로 하는
사소한 이야기를 담은
아내만의 포근한 방이기도 하고

자유와 사랑과 슬픔과 기쁨과
한때 아내의 욕심이
옹기종기 들어있기도 한
이미 내팽개쳐 진채 말 못하지만
내 어머니 숨겨진 속주머니 같기만 합니다

거울을 보면

아무도 모르게 눈물에 젖는
병상을 아는가

눈물은 전염병처럼 울게 하여도
속으로만 울어야 하는
남자를 아는가

표정은 구름 낀 그믐밤일지라도
날마다 이브의 눈물은
살아있다는 증거이려니

어둠에 눈물이 흐른다 해도
현실은 차라리 고마운 것
마중 먼저 나가는 미소로
토닥입니다

회한

이브가 울고 또 슬피 울지라도
어둠 속 산 흔적으로
구슬프지 않고 차라리 좋아요

오늘도 똑같은 하루가 생겨나면
생긴 만큼이나 무거워 지치겠지만
생긴 만큼 여유가 남았거든요

다 버리지 못한 거짓말로 가득한
백일몽 그리고 허울뿐임을
반나절도 채 남지 않은 산 시간으로
나는 포근히 감쌀 뿐이랍니다.

눈물의 의미

울어라 울어, 그렇게 울어라고
호통쳐도 담대하게 끄떡없다

표정 없는 생각은 눈빛에 머물고
침묵을 즐기는 것도 아닌데, 저항도 아닌데

흐름은 멈추고 자꾸만 이탈, 이탈
예측불허의 시간

끝내는 울고 말지만
눈물이여, 눈물이여 소리 없는 눈물이여
네 시간 속에 살지어다

이 밤 깊은 곳의 계곡에
보드라운 재갈이라도 물린다 해도
울어라 울어 제발 울어라

나의 소리

한 두어 시간
나만 행복에 빠져
히죽거렸는지도 모릅니다
눈 밝은 아내 전동의자가
시샘하듯 소리를 내뱉으니
나는 알람보다 예민합니다
내 것은 아니지만
이미 나의 소리라
단꿈은 훌훌 벗어 놓고
놀란 덫이라도 된 듯 일어나자
바쁘게 이슬이 내렸습니다
주름진 가슴을 쓰다 내리니
달콤한 꿈이 왠지 아쉬운 것도
설마, 욕심일까요

오해

왼 종일 중얼거리던 소리가 잠잠하니
다 떠나고 비었나 보다 했는데

물 건너 그림자를 동경하더니
기어이 그들 흉내 내듯 떠났나 했는데

지겹게도 투덜대던 소리가 떠난 빈자리에
아직 남은 바람으로 자리를 메운다

방울은 아직 가야 할 곳을 못 찾아
빙글빙글 매달려 흔들리고

매달린 가지가지 애처롭기만 한데
갈등의 그네를 타는 허공이 애처롭기만 한데

너는, 너는 신났다, 아주 신났다.
말썽꾸러기 녀석들 떠나간 빈자리를

휘파람으로 차지한 너는
신났다, 아주 신이나
허이허이 팔을 휘젓고 있구나.

바람의 눈빛

물 건너 행복 찾아 떠나고
바람의 꼬리만 달랑 남아

물끄러미 허공을 바라보는 눈빛에
나머지 눈빛도 바람을 풍긴다

세상을 거울 보듯 바라보며
저 혼자 지치지도 않고 즐기는가

밤새 중얼중얼 종알거리더니
한나절 지나고 밤까지 쉬지 않는다

음계를 탄 휘파람 되어
노래, 노래로 그저 신바람 나서
내일까지도 쉬지 않겠네

후회

행복이 시작이라고 모두는 아니지
어느 날 아픔이 쏟아져
별마저 떨어지고 어둠이 짙을 때
내 가슴은 백두산 천지 같이 깊어
눈물은 두만강처럼 하염없더라

머릿속 심장을 보고서야
제대로 보이던 아내, 나는
긴긴밤 죄 없는 벽만 두드리고
조각 난 시간 사이로 두 뺨 쓰다듬어
말 잃은 귀에다 미안하다, 사랑한다고

지난 시간의 아쉬움이
쌓이고 쌓여 안타까움의 산이 되었다
어떻게 잊어버린 흔적, 찾을 길 없을까
사라진 기회, 돌아올 길 없을까
눈물 어린 마음만 태산 같아라.

철없는 삶

이번 주의 마지막 시간입니다
가벼운 운동조차 힘이 듭니다
마음대로 되지 않는 제 몸을
조금이라도 움직여지기라도 하면
큰 기쁨입니다
별것 아니던 것이라
고마움도 몰랐습니다
그냥,
그냥 되는 것에는
쥐벼룩 감동도 놓친 채 살았습니다
아무것도 되지 않을 때
비로소 알게 됩니다
사는 게 그런 것인가 봅니다
우리,
참, 철없는 삶입니다

축복

보이지 않는 어둠
선 하나가 경계인데

그것도 모르고 우리는
잠이란 짧은 단어를 쓴다

밤새 어수선한 머리 모양을 보라
얼마나 격하게 저항했는지

어쩌면 끝이었을지도 모르는
예사롭지 않은 모습
어둠을 이겨낸 전사다

하늘의 강을, 죽음의 강을
서성이다 서성이다
오로지 축복해도 부족하리니

질문

그것이 몇 개여야 하는지
나는 내 속을 헤아려 봅니다
주고 줘도 또 있는 그것

하나님도 한 분이지만
그것은 하늘만큼이나 많잖아요

내게 그것이 몇 개나 되는지
내게 그것이 얼마나 되는지
가늠해 보지만 꽤 알기가 어렵습니다

주고 또 줘도 있는 그것
나는 나를 보기 어려워
그대에게 묻습니다
진정 하나뿐이어야 하나요

기다림

누구 하나
소리도 소식도 없고
움직임도 없는 공간에서
고개만 두리번거리는
시간 속 긴장이여

쏟아지는 여름날 열린 소음에
여문 이명만
발버둥 치듯 발버둥 치듯
저항하는데

시간만 외로이 입을 벌리고
어떤 울음소리를
기다리는 긴장
마른 기지개를 켠다

표정

침묵, 저 침묵 속에
무엇이 있을까
다들 닫고 있다
표정도 닫혔다
간혹, 아침 숲속 새소리 같은
재잘거림만 있다
삶의 공간임을 증명하는
소리일 뿐이다
알게 모르게 우린
침묵의 틀에 갇혀 나날을
보내고 있는지도 모른다
"이번 역은 현충로, 현충로!"라고
얼굴 없는 소리만
살아있는 공간임을 증명한다

값

모르던 목소리를 만나면
누구나 소리를 더듬는다

소리네 향도 뿌리에서 발아했다고
그대 가슴 저 밑에 있는
뿌리를 더듬는다

얼굴 하나 없는 소리가
얼굴 있는 사이가 되려고
거울 앞 표정은 개웃거리고

옷 하나가 뭐라고
힐끔힐끔 눈치를 살핀다

내보이는 값이
그대 인격인 양
마주칠 품격을
저울질한다, 껴입는다

시간의 본성

누군들
그리도 아프게 하고
슬프게 하고 힘들게도 했건만

문득 세월이 지난 후
뒤돌아보면
하나도 아프지 않아요.

시간은 마술사인가 봐요
그토록 꼭 쥔 손도 펴게 하고
품었던 마음도 편하게 내려놓게 하고

시간은 모든 일을
스스로 해결하고야 마네요.
시간의 본성은 회복인가 봐요.

염원

새벽이 오는 한
나는 날마다
이름을 불러봅니다

염원이라면
가볍게 히죽히죽 웃고 말
아예 웃어버리고 말 것 같은
그런 소박한 소리를

날마다 내 빈방에 차곡차곡
쌓고 있습니다
어쩌면 부른 만큼 가까운,
정겨운 이름이 될지도 모르지만

다만, 그 이름 하나하나
부단히 빛나기를 바랄 뿐입니다

삶의 의미

따스한 포옹이 어찌
첫사랑만 못하리
여물지 못한 풋내로
뜨거운 설렘이라 아쉬움뿐이지만

끝내 고집을 버리지 않고
떨어지지 않으려는 찐득한 밤이라
그까짓 것 빈 가슴뿐이지만

불쑥 치밀어 오르는
춘정이 소리 지르면
끝내 삶의 의미이거나 목적이 된다

살며시 빈 가슴이라도 안고
포슬포슬 보드란 감정을 삼키자
마음 맞닿은 가슴, 부딪는 저항을 꿈꾸자

선물

놀라운 기쁨이다.
가을에 녹아내리는 가슴으로
순간이동 하듯 날아들었다

깊은 지식은 없어도
알 수 없는 감동은 있다
비록 시각으로 주는 것만이 아니다
번개같이 번쩍이는 감동의 끝에
꼬리표가 붙었다, 제법 무겁다

진작부터 만나지 못한 얼굴이지만
콸콸거리는 분위기에 그가 보인다
훤히 보이는 행복, 막걸리 소리, 구수한 말투에 나도 취한다

표정이 맑아 지나치게 맑아
보이지 않아도 투영되는
그의 세계를 나의 틈마다 느낀다
행복한 웃음소리 가득하다
톨카소의 『희야의 반항시대』가 웃는다

2

태초의 모습

붉은 고백

허전함을 돌돌 말아
아무리 진한 포옹해봐도
채워지지 않을 밤이여

아침 햇살 같은 욕심으로
긴 어둠을 유린할 때까지
집착의 시간은 멈추질 않고

검은 마법에 취한 뜬눈은
빨갛게 빨갛게 부풀고
너를 향한 숨찬 몸부림은
익숙한 시간의 조차이던가

달빛 젖은 눈망울은
온통 백일홍 가슴이었나니
아아, 오늘 밤은 달맞이꽃 향기
참으로 진하기만 하여라

그대 소리

모든 가슴을 열게 하는 여름밤의 파도는
아련한 기억으로 밀려와
쌀라쌀라 알 수 없는 소리로
중얼거리며, 꿈틀거리며 나를 껴안고 노닌다

모두가 젊은 밤
외로움을 즐겨도 좋다, 이별을 즐겨도 좋다
지난 아픔을 다 내려놓아도 좋고
지난 슬픔을 왕왕 노래 불러도 좋다
지금이면 어떻고 한밤이면 어떠리
가자 가자 그냥 가자, 덤벙덤벙 가고 말자

어둔 빛 요요한 그대 모습, 흔들리는 비단결이여
감로수같이 흘러넘치는 그대 소리의 감동이여
시의 노래여
날아라, 날아, 세상을 날아라

나는 밤의 소리에 한 빛깔 고운 세상으로 취하려니
어떠리, 허구虛構한 세상

껍질을 마구 벗어버려 좋아라
밤을 마구마구 다 비워도 좋아라

나는 밤의 소리에
한 빛깔 고운 세상으로 취하려니

사랑니

어디서 도근도근
가슴 뛰는 소리 있어
씻은 귀 기울이니

밤은 파수꾼처럼 홀로
어두운 침묵으로
마냥 깊어지고

소리 없는 전율은
어둠에 맞선
내 창문을
사뭇 흔들고 있네

백색 소음

까마득한 날부터
소리를 포옹하여
나는 있어도 있는 줄 모르고
살았습니다

낡고 자글자글해지면
자력磁力도 잃고
자력自力도 없어
맥없이 뚝뚝 떨어지겠지만

너는 길 건너 제집도 버리고
이 방 저 방, 내 꿈 네 꿈
넘나들어 좋기만 한 것은
영원 속에 살기 때문인가요

욕정

소리가 들어와 앉았습니다
언제부터인지 몰라도
빈방에 아직 소리가 살았습니다

힘도 용도 애도 닳아지면
눈길도 발길도 마르고 말라
제 눈길마저도 사라지겠지만

길 건너 제집도 버리고
이 방 저 방, 이 꿈 저 꿈
선을 넘어도 좋기만 한 것은
아직 살아있는 증거이기 때문입니다

바람

바람, 바람은 절대
혼자 울지 못한다

때로는 애끓는 통곡
때로는 감동의 흐느낌
때로는 사랑의 옹알이

저만의 음악이라 우겨도
바람은 절대
혼자 소리 내지 못하듯
우리도 그렇다

소유의 주인

앉은뱅이책상처럼 비좁은 마음에
못난 화병 하나라도 얹어지면

화병은 향기를 품은 점령군처럼
독거(獨居)로 장악합니다

비좁은 방은 정원처럼 넓어져
행복한 뿌리가 내립니다.

다 주고 싶은 두근거림이라도 소리 내면
그 소리 하나 담보로 불쑥 안아보지만

저만의 영역으로 가득한 욕심이지만
욕심은 사랑이 되고 소유는
원래 자기 것이니까요

갸르륵

빼앗긴 보금자리
내놓으라고 갸르륵 갸르륵

날마다 갸르륵 갸르륵 소리 나던
집터 밭터 놀이터

다 밀어내고 들어서
덩그러니 덩치들만 서 있고
물로 강으로 밀리고 밀려
부모 형제 다 흩어졌다

빼앗긴 고향, 지워진 기억
내놓으라고 서럽게 서럽게
갸르륵 갸르륵
울부짖는 개구리 소리

동행

시간 속으로 길바닥이 울며 달려갑니다
어둠 속으로 내빼듯 어디론가 달려갑니다
온갖 세상의 영혼들이
다른 소리를 내며 달립니다
소리의 나머지를 흘리며 달립니다

간혹 적막이 여유가 되는 짧은 공간이
소리의 잔영으로 후들거리기도 하지만
적막이 멈추면 세상이 끝나는 것이라
나는 시끄러워도, 시끄러워도
머문 아픔보다 사라지는 기쁨을 택하렵니다

시간 속에 머무는 법을 이제 깨달았으니
꼬리를 흔들면서 달리든
소리를 흘리면서 달리든
아파도 달리고 슬퍼도 달리고
오로지 달리렵니다

바람의 사유

소리도 없는 몸부림이 보이는 것은
저 뒹구는 것들 때문이지만
틈은 틈대로 혼자 운다

메마른 가슴골에도 바람이 오면
그때, 가슴도 운다
보이지도 않던 틈이 가슴에 있음에

가슴골 살피 갈피 찾으면
기억의 소리도 시간도 아프게 하지만

우리는 아파야 안다
추억하는 선물인 것을

고백

밤새 비집고 들어오려더니
방울방울 떨어지는
아픔을 피함이었다

홀로 어둠 속에 그렇게 울더니
이 아침에는 길도 따라 서러워
온통 눈물 자국뿐이네

울어라 울고 나면
길의 구멍에도 마음의 세상에도
기억의 흔적으로 남게 되리니

연정戀情

빈 들판에 돌개바람처럼 빙빙 돌다가
절로 지쳐 쓰러진 바람이여

행여 헤매고 헤매다가
아랫마을 임자 있는 마음의 소리
엿듣기라도 했거들랑

밤새 빨간 눈 파란 눈으로 아침을 맞아도
내 속 울림으로 놀아도 좋고
밤이 닳도록 놀아도 좋다

싱그러운 아침 샐비어 향에 물들어
핑크빛 내 마음 사유도 없이
가볍고 가볍게 얇아져 뚫어진들

가문 청춘의 강
홀로 이 쓸쓸함을 띄우리라

표정

마주친 눈빛 하나에
빨갛게 달아오른 소녀의 뺨같이
시간의 표정은 한나절 빗소리에
여지없이 익어만 가네

찻길 건너 플라타너스 잎은
어린 교실 아이 소리를 내고 있건만
나는 간질간질한 소리조차
여인의 몸짓으로 흐르고 있네

흐늘거리는 유리 벽은
그리움 가득한 고독을 그리며
시간의 묵은 표정을 드러내고 있다

깨달음

세상에나, 세상에나, 좁디좁은 그곳을
소리도 없이 빠져나오다니
진정 뜨거움 탓이던가

뜨거움을 홀짝이면
소리 없이 삐져나오는 소,
짝도 아닌 세 마리 모이는데
세 마리, 그것을 우리는
때마다 달리 제 마음대로 부르네

때론 환경을 탓하고
때론 감성을 표하고
때론 땀의 대가라고
서로서로 우긴다

뜨거움을 홀짝이면
인생의 오묘한 맛을
통째로 들이키는 것이다, 삼키는 것이다

가을 연가

창문 두드리는 소리에
문을 곱게곱게 여니
살며시 안아 주는 바람

어느새 휘돌아 사라지고
생각만 천장에 매달려

슬그머니 누운 그리움을 찾으니
밤은 몽당연필같이 닳고 말았네

디지털 기억

얼마 되지도 않는
몇 개의 기억은 쓰러져 누워 있어도
그나마 남은 시간 함께할 동반자들은
기억의 소자에 자리하고 있고

마냥 어느 날 누웠다 사라지는 것처럼
이미 누워 있거나 사라졌거나
나 또한 누군가의 소자에 남아있어도
인생이 다 그러한 것임을

뻔한 몸부림으로 발버둥 쳐본다 해도
서로 무소식 무관심으로 굳어 가다가
차차 바람처럼 사라져 가는
소리도 흔적도 없는

그런 밤

어떤 역사에 쏟아진
끈적한 이별들은 서로서로
가슴만 시큼하게 멍들이고

상흔같이 남은 기억은
풀벌레도 잠든 밤
그리움으로 집을 짓습니다

그리운 밤 달빛 항아姮娥님은
굳어 칼칼한 옷을 주물럭거리고
나는 부드러워진 옷을 훌훌 벗습니다

회상

덜렁거리는 여자의 젊음에
숙련된 눈을 뺏기고
길을 놓치고 차를 놓치고
시간을 놓친다

세상은 온통 이어진 젊음으로 물들고 있는데
밀려나는 무지갯빛 거품을
눈들은 보지 못하네

거품의 조상도 젊음이었다는 사실을
내가 잊었듯
오직 한쪽으로만 가고 있다

본능

살랑거리는 봄바람에
억새도 따라 흔들리는 날
뒷산 기슭 어딘가 맹꽁이는
짝 찾는 소리로 요란하고

온 산에 매화 만발하니
산책길 나선 사람들 소리가
설레는 맹꽁이 소리를 닮았다

저 푸른 얼굴들이야
매화향에 온 마음 다 취해도
푸른 듯 우기는 시선은
푸른 줄만 따르고 있네

바람과 마음

네 모습이 없네
어디서 왔다가 어디로 가는지
보이지 않는다

아는 이는 그의 눈을 보았다해도
아는 이의 입은 소리가 없어
도무지 알 길 없다

어쩌다 아픈 자취라도
흔적으로 남는다 한들
끝내 눈은 보진 못한다

알지도 보지도 못하는
그눈 그 눈을 찾지 못해도
감추고 있는 앙칼진 무서움을 안다

비 오는 날의 단상

기억을 찾아 엄니의 가슴을 열었다
편지 봉투, 모기향, 연필, 볼펜, 수첩, 지갑……
그리고 숱한 다른 것들의 창고
지갑을 열어도 주인은 간 곳 없고
추억을 붙잡고 서러운 듯 놓지 못하는 누런 주민증
딸 사진들은 다소곳이 제 엄니를 지켰나, 숨었나
괜스레 미안해 멋쩍은 듯 수첩을 뒤적거리니
살가운 이름, 이름들
공간을 넘나든 볼펜 자국이 외로워
산만한 숫자를 끌어안았다
광자, 영자, 순옥, 성곤, 상진, 형님 등, 등, 등
몽당연필 침 발라 꼬옥 눌러 쓴 우리 엄니 수첩
커다랗게 삐딱한 이름들
구석구석 굵직한 글씨
또박또박 나열해 있다
숙자, 성두. 밍숙이, 이성곤, 헌숙이, 수이, 정수기, 정자……
상자를 닫으려는데 한쪽에 앉은 엄니가 넌지시 쳐다보신다
비 오는 날 오랜 상자를 열면
아픈 아내의 마음도, 돌아가신 엄니의 그리움도
그렇게, 그렇게 만난다

낙조

낙조에 젖은 바다가
그리도 붉은 것은

한마디 말 못하고
떠나야 하는
안타까운 눈물 때문이고

수줍어 말 못하고
헤어져야 하는
아쉬움 때문이고

사랑한다고 사랑한다고
울렁출렁
속 타는 마음 때문이랍니다.

공식

길은 길대로 바쁘지만
시간은
그냥 길 위에 앉아 있을 뿐

숨도 쉬지 않고 달리는 길은
겨우 올라탄
시간의 나머지를 줄줄 흘릴 뿐이다

달리는 길 위에 앉아만 있지 않고
너도 함께 달리면
시간과 너는 굳이 늙지 않는데

물빛 그리움

여름날 기억 한 조각 남았다면
그것은 유리창에 비친
제 모습 같은 사진 한 장

아무리 찾아봐도 없는데
왜, 눈은 점점 더 작아지는지
보이지도 않는 그리움인가

아이는 무슨 생각으로
속도 모르는 바다만 바라보는지
무정타 밀물은, 그날의 그리움을
흔적도 없이 삼켜버리고

겸연쩍은 듯 도망가는
제 뒷걸음에 또다시
모래톱만 쌓고 있네

원죄

한 보따리나 되는
처방 약을 가져다
내팽개치듯 던지며

아픔의 뿌리는
욕심이라고
늘 버리고 정리하여 치우는데

삶의 자리는 또
새로운 것들로
널브러지기만 하네

아아, 그 마음 비우고 비우려고
날마다 애쓰건만
날마다 더 쓸데없는 것
자꾸만 채워지기만 하여라

비밀편지

몰래 품은 어느 마음도
저 몽롱한 빛에 발가벗었다
흔들리는 눈빛으로
별빛같이 반짝거리는 가을밤

타들어 가는 가슴 한편의 갈증
불빛 그림자 속에 비밀편지 숨겼네
보소서, 살펴보소서

그대 그림자는 멀고도 가까운 길에 있나니
어둠의 장막을 걷고
고백하는 목마름을 보소서

풀리지 않는 마법에 빠져
뚝뚝 떨어지는 눈물 속에 갇힌
목마름을 보소서

불의 고백

어둠의 장막을 걷고
고백하는 그림자는
멀고도 가까이 있나니

그림자에 새겨진
하얀 목마름은
속 깊이 타들어 가네

어디 있느냐

가슴 한쪽 접어놓은
비밀편지 같은 이 마음
보소서, 살펴보소서

뚝뚝 떨어지는
눈물 속에 갇히고 싶은
내 뜨거움을 받아주소서

3

아마니

돈의 아이러니

법인세 23억 낸 그와 게임을 했습니다
난 법인세도 없고
소득세도 없고
다만 월마다 조금
눈물 한 방울씩만 흘릴 뿐인데
마주 보며 게임을 했네요
그 속에 내가 있고
내 속에 그가 있고
추억을 나누었어요
주거니 받거니
또 주거니 받거니
돈이 아니더라며 돈이 아니더라며
돈을 주고받았습니다
몇 시간의 시름 끝에
수십억의 세금을 낸 사람에게
나는 만 원짜리 한 장을 내밀고
그는 감사하다며 받아 쥐었습니다

애착과 집착

아직도 생각할 겨를 없건만
아직도 돌아볼 여유 없건만
오로지 그 속에 빠져
눈만 뜨면 더듬어 찾고

날마다 밤마다
떼버릴 수 없는 집착 같은
도려낼 수 없는 기억 같은

아직 서지도 못하는 아내보다도
더 쓰러져 누운 네 곁을
떠나지 못하는 이 가여운

구속하는 게 아니라고
집착하는 게 아니라고
그림자 같은 그대와의 관계

빈 지갑

기다란 컨테이너 안은
무거운 침묵뿐이고

빨갛고 파아란 청춘을 두고 온
가슴에는 싸한 외풍이 있다

중앙시장 막걸리 한 잔에 취한
오늘 밤 나는 빈 지갑이다

뒤돌아가는 볏가리는
하염없이 가을비에 젖어
바람 소리만 아으아으 서럽게 운다

꿈의 기록

몇 개의 튀는 단어 소리에
세상이 놀란 듯 열리면
창문은 절로 열리고

물빛을 발하는 아스팔트는
온통 봄비에 두들겨 맞으며
비명을 내뱉는다

뻔히 보면서도 침묵하는 촉은
껍질을 찢는 위력을 품은
엄동설한 속 몸부림의 보상이었다

놀라고, 맞고, 아프고
아픔으로 테와 겹이 생기듯
그 처절함을 삼키고 삼키고서
살을 찢고 촉을 틔우는 것이다

이명

지난여름
그토록 서럽게 울던
매미 소리가
아직 떠나지 못하고 있다

아직도 붙잡혀 있는가, 미련이 남았나
어둠 속 뜬 눈으로 귀를 세워
문을 열어도
끝내 선택은 갇히는 것인가 보다

소리 없이 찾아오는
소식이나마 기다리며
밤을 지키려 해도
요란스럽게 울기만 하는데

보고 듣기만 한 지난 세월에
짙은 추억만큼
서러움을 토하는가
깊은 주름만큼
서글픔을 토하는가

간刊

시간 속에서 홀로 꿈틀, 꿈틀거리다
기어이 비집고 내미는 흐뭇함
저 다정한 손놀림

아직 떨리는 첫 감정, 그때의 그 살 떨림에
입술 바짝 마른 순간처럼
세상이 그렇게도 황홀하게 보이던
세상이 그토록 행복하기만 했던 그 기억이

어쩌면 떨리고 어쩌면 두렵고 어쩌면 기쁘고
그런 한계에서 부딪치는 숨 막힘

아! 차라리 뒤돌아 가 버리고픈
그 아찔함 여기 숨어있습니다
여기 또 다른 사랑 하나 간

어떤 깨달음

차 마시듯 물 마시고
시작詩作 하나가 하루를 열면
멍한 가슴은 뜨거움이다.

지난밤 어두움 한 잔에 굴복하고
벌레 마냥 페북 그 속으로 기어 다녀
온갖 마음 다 긁어 속 시원해지려나

궁색한 알람 소리가 차라리 거추장스럽다
날 새는데 날이 새는데
시간은 순리대로 흐르고
여자도 습관처럼 울어야 하는 것을

하루쯤 빼 먹은 숙제를
채 못 갚은 부채負債 마냥 짊어지고
나름의 진지함을 넘어 엄숙해지지만
내가 원하면 세상이 변하고
그 모두는 진리 속에 빠진다.

그대 소리

모든 가슴을 열게 하는 그 여름밤의 파도는
아련한 기억으로 밀려와
쏴아쏴아 알 수 없는 소리로
중얼거리며, 꿈틀거리며 나를 껴안고 노닌다

모두가 젊은 밤
외로움을 즐겨도 좋다, 이별을 즐겨도 좋다
지난 아픔을 다 내려놓아 좋기만 한데
지금이면 어떠리, 한밤이면 어떠리
가자, 그냥 가자, 덤벙덤벙 가자

어둔 빛 요요한 그대 모습, 흔들리는 비단결이여
감로수같이 흘러넘치는 그대 소리의 감동이여, 시의 노래여
날아라, 날아, 세상을 날아라

나는 밤의 소리에 한 빛깔 고운 세상으로 취하려니
어떠리, 허구虛構한 세상

껍질을 마구 벗어버려 좋아라
밤을 마구마구 다 비워도 좋아라

나는 밤의 소리에
한 빛깔 고운 세상으로 취하려니

밤

소리만 들어도 이리 좋은데
바람 부는 어느 날
보이기라도 하면
행여 설레는 것도 부족할까
숨긴 마음도 불쑥 튀어나올까
어쩌나, 어쩔까 살포시 잡고 싶어서
아니아니 어쩌나, 끌어안고 싶어서
뜨건 유혹에 속살이라도 보이면
내 작은 입술은 검은 유혹에 쓰러지리다
온갖 생각으로 밤이 취하면
날이 샌들,
취기가 사라질까 몰라
그 마음 끝내 숨길 수 있을까 몰라

감感

어디서 도근도근
가슴 뛰는 소리 있어
씻은 귀 기울이니

깊은 밤은 홀로
검은 침묵뿐이고

소리 없는 전율만
내 마음 같은 창문을
사뭇 떨리게 하네

갈갈渴渴

소리가 지쳐 잠든 숲이
어둠을 부채질하듯 휘젓고,
마치 바람에 쫓기는 안개처럼
어둠은 뿔뿔이 흩어지고 만다

그 빈자리에 갈증이 신음으로 들어앉으면
곧, 신음은 벌컥거리는 욕정으로 갈갈거린다
퍼드러진 길바닥은 어둔 허물을 벗고
허옇게 드러난 살결은 빨간 눈을 빼앗을 것이다

세상은 눈끼리 마주하고
서로서로 눈을 빼앗고
결국에는 스치는 아우성으로, 그것은 순전히 지난 미련
지난 미련, 곱다, 고아라, 너무 고아라
보이는 계절이 한없이 좋기만 한데
뉘라서 거부하는 용기 있으랴

가슴이 가는 길

여름에 줄 하나 그어놓고
날마다 하늘을 말리려
내 가슴 표식 같은 소리 하나 걸쳐 놓는다

이 솔직한 마음 얼마나 여름을 울릴지
지난여름에도 울었고
까마득한 기억에도 울었다

끝내 전설은 귓속에 들어앉아
계절을 무시한 채 홀로 살더니만
올여름 또 쉔한 소리가
짝도 못 찾고 못 찾다가
급기야 어느 구멍이라도 숨어들 거다

걱정은 마냥 침묵하는데
어느새 아무 사이로 파고들어
벌써부터 자리 잡았다 소리할 거다

매미 소리

빈방에 소리가 들어와
나비처럼 앉았습니다
언제부터인지 몰라도
아직 소리가 살았습니다

낡고 자글자글해지면
자력磁力 잃은 듯 자력自力 잃은 듯
맥없이 뚝뚝뚝 떨어지겠지만

길 건너 제집도 버리고
이 방 저 방, 이 꿈 저 꿈
선을 넘어도 좋기만 한 것은
아직 살아있는 증거이기 때문입니다

난수

난수표 같은
비밀문서 한 장쯤 준비하여
7, 15 4, 15, 8 14, 15, 24.
2, 24 1, 15 9, 19 8, 15.
내 부르는 숫자들 이리저리 맞추면
겨우 보입니다

그러다 보면 그려지는 이야기
그 속에 든 영화 같은 시작
오늘도 여지없이 난수를
세상에다 발행하는 아침인데

어느새 나를 따라,
매미도, 까치도
아침마다 난수를 타전하니
세상은 온통 아름다움입니다

푸른 숨

홀로의 방이 시간 속에 갇혔습니다
선로에서 이탈된 자유는 뒤척이고

이미 돌돌 말린 이불의 목만
답답한 듯 칵칵, 소리 내어요

더듬더듬, 웃고, 울고, 몸부림
살아있다는 증거라도 남기듯
두근두근 끝낼 수 없는 행위

흔들어야 바람을 내는 것처럼
숨찬 몸부림의 독백
멈출 수 없는 푸른 숨입니다

홍조

사랑에 젖은 백일홍
빛 노을에 녹아 있는
그날의 설레임

아직도 지워지지 않는
가슴속 멍울
허헛한 파죽선 바람인들

식히려 해도 지우려 해도
가슴만 뜨거웁고

살아 센 주름
꺼풀로 덮어쓴
이른 아침 말간 빛깔 같은

하얀 배롱

여름이 저 홀로 저벅저벅 걸어가는데
눈만 뜨면 언어가는
고향 풍경 같은 그리움
가슴 저미는 추억 닮은 향기를 만난다
맨 걸음은
다 붉은 꽃잎에 소외된
하얀 그리움 한그루 어정거리고
누군가 누구에게
그리움을 남기고 떠나갔는지
잊을 수 없어
죽어도 잊기 싫어
마음을 심은 한적한 동네
감성마저 고고해지는 오늘
마음 하나를 얻는다
지우지 않는 사랑을 배운다

벙어리

내 꿈에 날개라도 있다면
그대 방문 손잡이는
이미 다 닳고 말았습니다

눈 뜨면 보고 싶기만 하고
눈 감아도 사라지지 않는
그냥 보는 것
그것만으로도 가슴 벅차니
나는 나는 벙어리

보다 보다가 어쩌다 눈빛이라도 맞아
설레임 조차 부끄러워
안아 버릴지 모르니까요
오늘 밤, 말없이 두 팔 벌리렵니다

성급한 포옹

밤만 되면 쑥쑥 자라는
내 겨드랑이 속 그리움

견딜 수 없는 소용돌이
기어이 창문을 열고 맙니다

미리 두근거리는 성급한 포옹은
가쁜 숨만 몰아쉬고
마음은 허공을 휘젓는데

빗방울 한 점에
움츠리고 마는 밤
핑크빛 허물만 남습니다

그런 사람

문득 생각 나는 날
가끔 만날 수 있는 그런 사람

슬퍼도 아파도 들어주고
연지 곤지 찍듯
보랏빛 보조개를 찾아주는 사람

그때라는 단어만 떠올라도
지난 소리만 들려도 촉촉한 가슴에
달빛으로 다가오는 그런 사람이 좋아요

동물의 왕국

토요일 오후 지하상가에 가면
어른이 소풍 가는 날인가
세상은 어른이 동물원이다

쥐도 소도 범도 만난다
아니다, 토끼도 용도 뱀도 만난다
아니다, 말도 양도 닭도 원숭이도
개와 돼지도 만난다

저마다 만물의 영장이라 예쁜 짓뿐이다
이 색 저 색 이것저것 눈마다 신기해 하지
두리번 살핌이 온통 그들 눈뿐이다

웃고 소리하고 분답해지면
시장이 되고 극장이 되고 학교가 되고
장꾼, 배꾼, 구경꾼들 세상이다

내 세상이 네 세상이다
구경하는 네 눈이 내 것이다
그들을 구경하는 동물들 세상이다

야호 넥타이

뜨거움 다 마시는 홀로 시간
시작하는 빈 마음에 채운 찰방찰방 욕심
아직 시간은 혼자 바쁘다.

새벽어둠을 벗겨내고 아침 시간을 맞으면
희망이 하루를 삼키고 말아도
마음은 펄쩍 뛰는 고기를 닮는다

어쩔 수 없는 오늘 속에
휘날리는 넥타이에 야호! 소리가 튄다
두리번거리는 원숭이는
뛰는 시간만큼 타잔이다

날마다 불어나는 욕심으로
젊음의 꽁지가 타는 때 시간은 바쁘고 만 것이다
내내 쫓겨 다녀야 삶이라도 남는 것, 그것
아아, 기억의 명함이고 우리 젊음의 이력서이다

시간의 표정

사람이 여전히 이었다가 끊어지는 곳은
그 행위를 멈추질 않는가
어떤 이는 흘러가는 것 같고, 어떤 이는 밀려오는 것 같고,
어떤 이에게는 슬픔이 있고, 어떤 이는 아픔이 보이고, 어떤
이에게는 기쁨이 있고, 어떤 이는 행복이 오가고,
그렇게
남녀가, 남남이, 여여가
저들의 행위는 까마득한 기억으로부터의 모습이다
혼돈이다, 아니다, 인연의 본 모습이다.

생의 모든 것이 모이는 곳, 그리고 헤어지는 곳,
그곳에 맞을 감정하듯 퍼드러져 지키는 나는 시간이다, 타고
내리는 시간이다,
아니다 그저 몫이다
철갑으로 무장한 침묵은 입을 열고
기껏 잃어가는 언어의 기억을 토하고 만다

물컹거리는 삶은 소처럼 멀뚱거리며
각각의 시간을 손가락으로 조물조물거리고 있다
그것이 삶의 여물인 양
질겅질겅 씹으며, 맛보며, 주물 거리며,
그렇게 느끼며 어둠을 향하고 있다
시간은 그냥 길 위에 앉아 있는데
길은 길대로 바쁘기만 한 것인지
시간을 거미줄같이 줄줄 뽑아내기만 하는데

한 마리 매미는
전철에 매달려 목쉰 소리로 울고 있고,
한 마리 매미는
전철에 매달려 식어가는 계절을 핥고 있을 것이다

사각사각

생각이 끊어진 며칠은 허기만 지고
게으른 몸은 스스로 지쳐 뒹구르르
북카페 시화전 따라 굴러가네
문득 여는 문으로 모두어
비 내리듯 손님인들 오라네

움트라 움트거라
하늘이 촉촉하다
축복하듯 생일 아닌 생일도
덩달아 노래 부르고

너뎃 명의 사내를 제치고
살구나무 새순 같은 그녀 벨을 울리니
어허, 마른침 삼키는 소리가
천둥소리 같다

풋내 나는 사내와 퀴퀴한 묵은내로
소리 내는 사내,
가슴에 새겨지는 소리,
사각거리는 밤이로다

저문 사랑

이름도 얼굴도 없는 여자 말대로 고분고분 한다지만,
멈칫거리다 보면 시간을 빼앗겨 버리지요
어쩌다 도달한 곳이 바다인 줄도 모른 탓에
세상 위에 있는 바다가 다 놀라
출렁출렁 엎질러집니다
나는 놀라움에 설레는 가슴이 퉁퉁 불어 하늘만 바라봅니다

바다만 보면 생각나는 사람 있으면
어둠이 다가오면 그리운 사람 있으면
어둠과 함께 밀려오는 그리움으로
바다를 보면 괜한 바다는 슬피 울기만 합니다

내 오랜 기억을 오밀조밀 담고 있는 바다는
반가운 소리를 내며 온몸으로 달려옵니다
나도 안기려고 뛰어들다가 들다가 멈추고 맙니다
세상을 너무 많이 알았기 때문인가요
나이가 너무 많기 때문인가요
시간은 마냥 우리를 흘겨보고 있을 뿐입니다

기원

문이 열리지 않아도
바람은 통하니 그나마 행복합니다

몸은 갈 수 없어도
눈은 이미 자유하니 그 또한 행복합니다

군산, 김제, 부안, 너머 넘어
천금, 만금, 새만금, 둑을 넘어, 넘어

에메랄드빛 행복이 충만한
세상이 곧장 열리나니

이 아름다운 축복이
온 누리에 가득하나니

언제까지나, 언제까지나
감동 어린 신비로 이어지소서

4

허물을 벗으며

안부

연분홍 단장한
수성못 길에 들어서니
온통 꽃이며 여인이며

흔들리는 바쁜 마음은
호반에 흩날리던 젊음이며 청춘이었다

벚꽃만큼 많은 사람
길이 닳을까 걱정되더니
그로 인한 늙은 마음만 공연히
허헛한 부자 되더라

벚꽃 향기 취한 길은 길대로
봄 떠나는 바람, 발목 잡고 몸부림인데
20번 버스 종점 있던 그해 곡우처럼
올해에도 그 뒤만 바라보며
너의 그림자 영영 붙잡지 못하네
아아,
어디서 무얼 할까

양들의 침묵

원래부터 부드러운 족속이었던 이유는
열두 마리중에서 가장 보드라운 것만 봐도 알 수 있다
그저 목자의 말에 따르는 복슬복슬한 존재이다
그래, 그렇게 순하디순한 존재라 해도
마냥 생각이 어찌 없을까
침묵하는 것은 생각이 없음이 아니다
다만 용기가 없을 뿐이다, 다만 소리가 없을 뿐이다.

밤낮 센소리는 세상을 끌어당기고
강한 자석의 힘처럼, 그렇게
힘 세다고 하는 것도
다수가 그에 끌려가기 때문이다
그래서 소리가 자력인 이유다
소리가 마법이 되는 것이다
소리가 없으면 빈약해서
빈 한 자는 찬 자의 힘으로 쏠리게 되는 것이다
그래서 찬 자는 또 하나의 힘이고
그 힘의 충전은 복종을 받아들이는 현상인 것이다

받아들인 것이 어느덧 익어, 익어
편한 기준으로 자리 잡는 법이다

나아가 복종도 즐거하는 것은
빈 것을 채워주기 때문이고
주린 배를 채워주기 때문이다
울 때마다 충전시켜주는 힘을
엄마 같은 어마어마한 존재로
착각하기 때문이다

아아, 정녕 착각으로
생각이 없는 것처럼 살 것인가
끝내 소리가 없고 말 것인가
그렇게 그렇게 사라지고 말 것인가

힘센 놈은 소리가 크거나
가득 찬 자이고
소리도 없고 돈도 없는 너는
한 마리 양일 뿐이라 고집하는가

일어나, 거울을 보라
머리에 솟아 난 뿔을 보라
진정 뿔의 위력을 모르고 있단 말인가
또 하나의 힘이란 것을
진정 모르고 있단 말인가

알 수 없어요

쌍꺼풀 없이 눈만 커다란 여자와 눈이 작으면서도 쌍꺼풀 있는 남자가 만나 결혼했어요 대개 계집애는 아빠를 닮고 머슴애는 제 어미를 닮는다기에, 커다란 눈에 쌍꺼풀이 있는 눈을 가진 딸애라고 기대했지요.

큰 눈이 우성인지 열성인지도 모르고 쌍꺼풀 또한 우성인지 열성인지도 모르고 막연히 내게 좋은 기대만 했던 것입니다. 눈 크고 쌍꺼풀 있는 눈, 서글서글한 눈을 가진 아이를 그렸지요. 그런데 열 달도 채우기 전에 배를 가르고 태어난 셰익스피어의 맥더프처럼 예상하지 못한 승자가 되는 조건을 담고 아이가 태어났어요. 눈 작고 쌍꺼풀 없는 아기가 태어났어요.

결혼이 결혼하여 결혼을 낳으면 그 아이 눈은 큰 눈일까, 작은 눈일까, 쌍꺼풀이 있는 눈이 우성일까, 열성일까? 마냥 헷갈립니다, 아니 마냥 알 수가 없습니다.

환상

알 수 없는 그대와 단둘이
펄펄 눈 내리는 설국에 갇혀
세상을 등지고 한평생 살고 싶었다

그처럼 행복한 격리가 어디 있으랴
보지도 못한 얼굴 사뭇 그리움에 담아
지배당하고 싶었다

내 세상에 없는 일은 끝내
가도 가도 하늘만 있고
그리움의 정체는 알 수 없더라

아아, 밤새 봄비처럼 왔다가는
그대는 그대로 그리움뿐이더라

존재에 관해서

없는 것이 아니라
보이지 않을 뿐이지

자세히 보면 보이고
다가서면 알게 되지만

아무리 관심 없다 하여도
움직이기 시작하면
그때야 알게 되지

보여도 알아도 그것은
눈으로만 기억할 뿐이거든

계界

저 열망이 푹푹 삶는데
터지지 않고는 못 견디지
저 뜨거움을 어이 견딘단 말인가
사정하든지 말든지
터져라 터져

제깐 게 터지고 나면야
풀 죽고 말지
뜨거움도 그때 뿐이제
그제야 바람 든 가을이 잡을 기운도 없을 게지

어허라 머잖아 휑한 그 바람에
낙엽이나 뚝뚝뚝 떨어지면
푹푹 찌든 흔적도 없을걸
마냥, 그 빈 바람에 우리 만날 수나 있을까?

표정

마주친 눈빛 하나에
빨갛게 달아오른 소녀의 뺨같이
시간의 표정은 한나절 빗소리에
여지없이 익어만 가고

찻길 건너 플라타너스 잎은
어린 교실 아이들 소리를 내건 만
나는 간질간질한 소리조차
여인의 몸짓일 뿐이다

흐늘거리는 유리 벽은
그리움 가득한 고독을 그리며
어쩌다 다빡거리는 충동하나,
시간의 묵은 표정을 드러내고 있다

복숭아꽃

한나절 빗소리에
시간의 표정은 여지없이 그렇게
변해 버렸나

마주친 눈빛 하나에
빨갛게 달아오른
소녀의 뺨같이

어쩌면 안고 싶은
부드러운 흔들림이
익은 여인의 몸짓만 같다

외풍

가슴에 외풍이 인다
돌아오는 기차 안은
무거운 침묵뿐이고

빨갛고 파랗던 청춘을
두고 온 것인가
가져온 것인가

아아, 지금은 텅텅 빈 가슴
바람 소리만 아으아으 울뿐이다

갈증

이 마른 겨울밤, 누가 나의 나타샤란 말인가
후릉후릉 울고 있을 나의 나타샤는
눈이라도 펑펑 와야 보이려는가

겨울밤이 괜스레 섭섭한 것은
사륵사륵 들을 귀가 없어 쓸쓸해지는데
보이는 눈마저 무심하고 매정한 탓이다

광야 같은 마음에 우왕 우왕 우는 소리
메마른 귀마저 소곳해지는 밤
홀로 외로움을 끌어 덮는다

그대

그대 한번 보려고 겨울 눈 밝혀
두리번거려도 바람만 차가워라

올 겨우내 속만 까맣고 하얗고
내 하얀 겨울은 익지도 않았는데

동네 사람들 봄 소풍 간다네
꽃 보러 임 보러 소풍 간다네

아, 나는야 언제나 지각쟁이 열등생
그래도 진해서 그런다, 깊어서 그렇다
늦은 내 사랑 하아얀 그대여

너는 바람인가

바람은 보지 못하니
높고 낮고 가리지도 않지만
어디든지 죽기 살기로 달려

생각도 없고 계획도 없고
마른 가슴으로 달리고 달려

그러다 틈을 만나면 비로소 그때
한없이 한없이 소리 내어 운다

이식

내 마음에 심어야 하는
기억 하나 있다면

오늘같이 가을비 오는 날
그대 향긋한 기억 하나쯤

살금살금 안아다가
이 가슴에 심어두고 싶어요

맞닿은 느낌 영영 잡아놓고 싶어요

밤 익는 밤

소리만 들어도 이리 좋은데
바람 부는 어느 날 만나기라도 하면
행여 설레는 것도 부족할까
숨긴 마음도 불쑥 튀어나올까

어쩌나, 어쩔까 손잡고 싶어서
아니, 아니 어쩌나 안고 싶어서
그러다 불길에라도 톡톡 깨물리면
내 작은 입술은 검은 유혹에 쓰러질 거야

아아, 온갖 생각에 밤이 취한다
날이 샌들, 이 취기가 사라질까 몰라
이 마음 끝내 숨길 수 있을까 몰라

그런 사람

문득 보다는 가끔, 아니
항상이나 늘이라는 단어가 어울리는
그런 사람이 있습니다

도시만 떠올라도 떨어지지 않는 끈적한 눈빛
은근히 따라오는 달나라 항아님 같은
그런 사람이 있습니다

혼자의 밤이면
내 굳은 옷을 훌훌 벗게 하는
그런 사람이 마냥 그리운 것은
아직,
내가 푸르기 때문인가요
그런 사람이 푸르기 때문인가요

미련

허울만 덮어쓰고 내딛는 발걸음이
달아나는 큰 밭 공기에 취했나 보다

철퍼덕철퍼덕 소리에 잡혀서
두고 온 내 마음 가는 내내
고물고물거린다

오늘 밤도 아으 아으 막힌 소리만 지르며
고무줄에 묶인 몸
슬며시 그대를 덮는다

촛불

한마디 말 못 하는 갈증으로
냉가슴만 쩡쩡 우는 밤

은밀한 낙인처럼 새겨진 이름 있어
내 뜨거운 눈물로 녹이려니

내가 네가 되고 네가 내가 되는
아름다운 마법을 배워
너를 품는다
나를 심는다

붉은 열정

내 숨은 마음도 숨긴 마음도
저 충혈된 눈빛에 녹아내리고
그대 굳은 마음도 무딘 마음도
저 붉은 열정에 녹아내리고

풀리지 않는 마법으로
뚝뚝 떨어지는 뜨거운 눈물이
새긴 이름으로 적멸하는
보석보다 값진 영광이려니

반짝거리는 빛으로 녹아내려라
몰래 품은 어느 마음도 녹아내려라
발가벗고 흔들리는 저
몽롱한 빛에 녹아내려라

겨울 이야기

아무런 상관없어
비우고 지워버릴까, 치우고 잊어버릴까
골동품도 되지 못할 그깟 기억들이지만
눈 꼬옥 감고 들여다보면 고슬고슬한 추억이라

가끔 황홀한 시절에 빠져 공연히 추억하는
마치 마른 밤 반짇고리 뒤적여
실꾸리라도 풀다 보면
어느덧 허연 살을 내놓는 옛 시간

기억 속에 퍼득거리는 낱말들
부스럼, 사마귀, 티눈, 다래끼, 버짐, 담…
그리고 솜이불 깔린 누런 장판과
육십 촉 전등 밑이 따스한 밤

뿌리 뽑는다고 붙여주시던 아버지의 고약,
발바닥의 낯선 글, 그런 일
담 걸린 옆구리에 가끔 놀란 소리를 뱉어도
어둠 속 "찹쌀떠억" 소리는 들려오고
겨울밤은 마냥 두툼한 솜이불에 눌려
소르륵소르륵 잠든다

빈 지갑

가슴에 외풍이 인다
돌아오는 컨테이너 안은
무거운 침묵뿐이고
속절없이 비비던 소리는 아직 끝나지 않았다

빨갛고 파랗던 청춘을
두고 온
가슴은 빈 지갑이다

황량한 들판,
한 볏가리는 하염없이 가을비에 젖는데
바람 소리는 아으아으 울고만 있다

이랴 워워

너도나도 가는 곳은 한 곳이라
칸칸마다 많기만 하여
한 됫박 두 됫박
넘치다 넘치면 흘러넘치니
나는야 야심夜深마저
삼키고 말 검은 마법으로
네 속이나 내 속이나 달래고 말거나
장군 멍군 듣고 뱉으면
그른 것도 바른 것이라
아무리 작고 작아도
앉은뱅이꽃 꽃 피우듯
기억 하나 이리 몰고 저리 몰고
이랴 워워 놀아나 보자

눈

나는 눈이 많아라
이쪽으로 보는 눈도 있고
저쪽으로 보는 눈도 있어라

행복한 눈, 아픈 눈, 슬픈 눈 그리고
온갖 눈을 다 가지고 있어
오늘은 기쁜 눈으로
행복한 것들만 바라봐야지

아프고 슬프고 우울한 것을 본 눈이라야
아름답고 행복하고 황홀한 것을 아는 거지
그래야 세상이 입체적으로 보이지
그래야 세상이 제대로 보이지

오늘, 다른 눈은 살며시 감게 하고
이쁜 눈, 고운 눈만 뜨고
기쁘고 행복한 눈만으로 세상을 봐야지

뜸

여물지 못한 풋내로
시작한다 해도

한 곳에 동거하며
익어가는 뜨거움이여

저들끼리 꼭꼭
끌어안고 가는 침묵

차마 뜨거운 숨을 뱉어도
끝내 설익지 않으려고
속으로만 몸부림치는

구애소리

흔들리는 코스모스를 보고야
바람의 존재를 알았어요
파란 하늘 아래 낮별 같은 고추잠자리가
가을을 붉게 물들이며
바람을 놀리곤 했습니다
그렇게 구월도, 구월의 추석도 가고 없는
이 공허함만 헐렁한 밤,
소리는 엄살을 부리는지
저만 흐드러지며 목말라하고
어둠이 진하면 진한 대로
고요가 깊으면 깊은 대로
앵앵거리는 구애소리를 버리지 못합니다
슬그머니 여름 그림자 속으로
돌돌 말아 넣은
감성 하나를 끄집어내어
침묵에 잠든 허공에
그려 놓습니다

얼굴

달 있는 밤에는 달이 되고

별 있는 밤에는 별이 되는

너의 얼굴

가을 남자

문밖에 가을이 왔음을 알고
남자의 창문을 열면
한 사람, 두 사람, 세 사람 세다가 멈추고 만다
반 이상이 가을을 껴입어
무던히 설레게 하는 아침이지만
엊그제 여자의 비명도 그냥 그러려니
한들한들 코스모스와 여린 대화라
그러려니 했다

이제 바람의 표정은 한들한들이 아니라 산들산들이다
세월을 보태니 제법 무거워
이 무게로 착 감기어 안긴다
첫사랑의 묘한 감동이다
가을은 남자의 것이다
남자의 가슴으로 안는
내 것이다

반날의 반란

반날 자유는 담배 연기라
음악이라도 깔고 날아라, 함께 날아라
외로움을 호소하는 고독을 피우는
연기를 피워라, 안개를 깔아라
고독은 혼자일 때 오고
추억은 함께일 때 진하니
마주하는 기분은 절로 배 부르다
말간 고독이 묻은 찻잔이든 술잔이든
연인 만큼이나 좋으니
입술을 핥으며 입맞춤하라
카페 플로리안에 앉아
괴테를, 헤밍웨이를 만나는 소년은 가고 없어도
시절을 집어삼킨 음악 하나 불러내어
비 맞은 밤거리의 고독을 즐겨라
보드카처럼 진한 추억이지만
진한 것도 초록몽이라
맹맹한 강소주 같은 기억이라면
변명도 버리고 집으로 가거라, 가
가서 훌훌 벗고 돌돌 말아라
얇은 이불 돌돌 말고 세상을 살펴라
비록 반날의 반란이지만.

구애

파란 하늘 낮별 같은 고추잠자리
시간을 붉게 물들이며 바람을 희롱해도
코스모스는 바람의 꼬리로 계절을 찾습니다
그렇게 구월도, 구월의 추석도 가고 없는
오직 공허함으로 빈 밤
공허의 소리는 엄살 부리듯
저만 흐드러지며 목말라합니다
어둠이 진하면 진한 대로
고요가 물들면 물든 대로
앵앵거리는 구애소리는
차마 버리지 못하나 봅니다
나는 여름 그림자 속에
돌돌 말아 넣은 감성 하나를 끄집어내어
침묵이 잠든 허공에다
소리도 못 내는 흔적을 남깁니다
나만의 구애 흔적을 남깁니다

에필로그

창밖을 내다보며

올해도, 눈 펑펑 내리는 구경도 못하고, 갇혀
설운 겨울을 보내고 말 것인가

"오늘 밤은 푹푹 눈이 나린다
나타샤를 사랑은 하고 눈은 푹푹 날리고........."
그리워하며 애꿎은 마른하늘을 쏘아 본다, 달래어 본다.
나만의 설국을 상상해 본다.

기어코 오지도 않는 나타샤를 기다리며 겨울의 무료함에
후우우 후우, 헛숨으로 군고구마 식혀 먹던 바람의 그림자
아아, 오늘 밤 그 구들목이 그리워지는 밤의 침묵이여

눈은 오지 않고 온갖 생각만 푹푹 쌓이는데
문득, 눈 없는 마른 세상, 무료하게 있을 것이 아니다
흰 눈이 아니라 내 눈에 밟히던 시라도
달달달 읽자, 캘리그라피 시라도 촘촘촘 보자.

보다가 읽다가, 읽다가 보다가
숫눈보다 더 뽀얀 순수, 보이는 언어에 생각이 걸린다
언뜻, 여기 보이는 감성을 나만 볼 것이 아니라
푹푹푹 눈처럼 세상에 쌓아 보는 거다,
아니야 펼쳐 보는 거다
동화 같은 시, 보이는 시를 여기 내어놓고
푹푹 쌓아 보고, 하늘에다 훨훨 날려보자
예순 둘, 별 같은 이름들을
까아만 하늘에다, 하늘에다.

그것이 시작이다.
별 같은 이름, 이름들.............

김현희, 김영섭, 이형우, 이영진, 서정원, 윤외기, 홍석우, 조동현, 신진철,
남영표, 노형호, 박순옥, 유영아, 이화금, 조순화, 이장관, 고광숙, 김산, 김덕영,
박선정, 배동현, 임희선, 신재균, 변정연, 김옥자, 이종철, 김광식, 김기호, 오성수,
한현수, 황상정, 이수을, 조관형, 김혜정, 최준표, 정용완, 김영진, 김길환, 권미선,
양종선, 김진영,
하강섭, 채현석, 이계창, 김명동, 김부식, 권영우, 손옥희, 류근철,
홍성주, 서정원, 조충호, 이경미, 최석종, 김상경, 임두철, 이용성, 전미정, 정숙경,
김의현, 김용수, 이성두

나의 시작(詩作) 보고서

시인/수필가 이성두

네 번째의 시집을 낸다. 『이브의 눈물』, 『행복한 줄도 모르고』, 그리고 『바람의 눈빛으로』이다.

시집이라야 숫처녀처럼 아무나 어디고 쉽게 내놓질 못했다. 지금까지 돌아보면 어디 시집이라도 한 권 덥썩 선물하기도 부끄러워 쉽게 내놓질 않았다. 어디다 자랑스럽게 턱 하니, 내놓을만하질 못해 그랬다. 아직도 배우고 있는 정도의 수준임을, 아직도 연습 중, 진행 중 아니 영원히 공부하는 중임을 미리 밝혀둔다. 내 부족한 나의 시를 변명하자면 다음과 같다.

내 부족한 나의 표현 능력으로 현상학적 환원을 응용하여 알아먹지도 못하는 말이나 글로나 혼자 주절주절한 것은 할 말은 많은데, 차마 표현할 언어적 선택 능력이 없기 때문이다.

그러나 그것은 나만의 메타포(metaphor)에 이르는 글이라 쉽게 접근하면 오해하는 오류를 범할 수도 있다. 그래서 나는 나만 합리화하는 부족하고 어설픈, 오직 자기중심적인 나만의 세계를 과감히 까발리고자 하는 것이다. 그래서 몇 편의 시를 해부해 근원적 발상을 분석해 보이고자 한다.

나는 거룩하지도 않고 점잖은 지적 성향을 향유한 상류층 선비도 못 된다. 그래서 다만 내가 처한 환경에서의 느낌과 생각, 그리고 내 일상의 이야기를 시작詩作으로 작정한 것이다. 그러니까 타인의 공감을 위하기보다 자신의 '기억보존을 위한 대 잇는 행위를 하는 것이 목적이다.'라고 말하는 것이 편할지도 모른다.

자! 이제 내 시 한 편이라도 접할 수 있다면 '먼저 이 글을 먼저 보라'고 말하고 싶다. 이 글이라도 접하고 나면 내 시가 그렇게, 조금은 궁색하지 않으리라 본다. 이제 내 시로 몇 편「허용된 희망」, 「이브의 눈물」, 「대신 울고 싶은 날」, 「차 맛, 인생을 읽다」, 「그리고 더불어」, 「남자의 속」, 「돈의 아이러니」, 「대를 잇는 힘」을 적나라하게 분석해 보자.

「허용된 희망」에서 '오늘도 강은 흐르고 산은 모른 채 잠들었다'에서 '강은 흐르고'와 시집 표제어인 『이브의 눈물』은 같은 맥락에서 차임借賃한 글이다. 나는 아직 여자의 민감한 부분을 쉽게 건드릴 용기가 없다. 아직 신비스러운 여자의 영역을 보호하기 위한 배려를 품었다고 말 할 수 있다. 이 생리적인 현상을 단 한 단어로 표현함을 피한 것이다. 차마 적나라한 공개를 회피한 것이다. 어쩌면 이것이 위치적 비겁한 사고인지도 모른다.

'오늘도 강은 흐르고/ 산은 모른 채 잠들었다/ 침묵은 표정을 잃었다// 또 한 겹 벗겨내는/ 삶의 표피를 더듬는 시간// 눈물,/눈물이, 눈물이 말을 끊었다/ 미소가 사라진 옥獄은 그 시간부터다'

「허용된 희망」에서

'뱉어야 되는데/ 벌써 한 끼 시간 지났는데/ 저리 담담할 수가/ 담담할수록/ 불안, 불안해지는/ 심기가 불편하다/ 어느 날 잃어버린/ 자율 그 기억도'

「이브의 눈물」에서

여기서 '강이 흐르고'나 '이브의 눈물' 그리고 '뱉어야 되는데'는
단순한 눈물이 아니라 배설의 현상을 말하고자 함이다.

'울어라 해도 울지 못해/ 결이 없는 마스크 아래로 숨겨놓고/ 여전히 반응 없는 표정 하나/ 쇠똥처럼 퇴적되네/ 내 마음에 흐르는 슬픔 하나/ 빙점으로 다가서니/ 표정 뒤 쓸쓸함이 지난겨울 바람이었다/ 비였다'

「대신 울고 싶은 날」

'결이 없는 마스크'는 여성들만이 사용하는 생리대, 기저귀를 이 시대에 생활화된 것으로 환치換置했다.

그렇다. 나는 용기가 없다. 차마 거룩한 영역을 적나라하게 들추지 못했다. 그런 연유로 다만 감춰진 비밀의 현상들을 형이상학적으로 건지고자 함이었다. 시인으로서 시적 허용을 맘껏 유린하는 작란作亂이라 할 수 있다.

'차 맛, 인생을 읽다'에서는 유치幼稚한 유치誘致를 과감히 택하기도 했다.

'세상에나, 세상에나!/ 좁디좁은 그곳을/ 소리도 없이 빠져나오다니/ 어허! 뜨거움 탓이랴/ 뜨거움을 홀짝이면/ 소리 없이 삐져나오는 소,/ 짝도 아닌 세 마리 절로 모이네/ 세 마리, 그것을 우리는/ 때마다 달리/ 제 마음대로 부른다./ 때론 환경을 탓하기도/ 때론 감성의 표현이라고/ 때론 열심히 일한 대가라고도/ 그들 서로 다 우긴다/ 뜨거움을 홀짝이면/ 소리 없이 삐져나오는 소,/ 짝도 아닌 세 마리 절로 모이네'

시집 『달밤달밤 발밤발밤』 70P 「차 맛, 인생을 읽다」에서

여기에서 소리 없이 삐져나오는 소는 땀이요. 물이다. 그래서 물의 화학적 기호인 H_2O를 변용한 것이다. 수소(H) 하나, 산소(O) 둘 그러니까 수소 한 마리에 산소 두 마리. 그래서 소가 세 마리가 나 되는 것이다. 산소, 수소, 탄소, 황소, 검정소, 얼룩소, 소, 소, 소, 숫한 소… 소라도 서로 다른 소끼리 우기는 모습이다. 육체적 노동으로 흘리는 땀과 맵거나 뜨거운 것을 먹거나 마셔서 흘리는 땀을 달리 본 것이다. 땀이라도 서로 원인이 다른 땀이란 것, 즉 사람이 사는 각각의 삶을 그렇게 봤다.

한 편에서는 시를 단순히 글자 모양으로 표현하기도 했다.
시집 『이브의 눈물』 142P '그리고 더불어'에서는 휴대폰에 기억된 지인 중에 이미 고인이 된 사람의 이름을 아예 지워버린다. 하지만 기억 속에서마저 지울 수는 없는 것이다. 어쩌다 정리를 못해 그냥 입력되어 있기도 하다. 이름,

이미 고인이 되어 버렸지만, 한때 나와 함께 한 사람들의 이름들을 기울임체로 표시했다.

즉 글씨체를 비스듬히 눕혀 고인들이 누워있는 형상을 표현하기도 했다. '몇 개의 기억은 쓰러져 누워있어도'라고 표현한 것이 그것이다.

1.

성원/병택/창호/면호/재철/우철/헌철/**윤선**/재호/신일/**대우**/춘기/경옥/영호/연대/중구/외식/**향동/판석/선이**/복순/은아/상조/재욱/은아/은정/서윤/서준/성곤/성무/성석/숙자/영석/운석/이재/인순/인재/**외점/동원**/하영/현숙/호정/한우/**귀숙**/용중/영철/**재환**/재태/남이

*카카오톡에서는 기울임체로 표현이 안 됨.

2.

얼마 되지도 않는…/ 몇 개의 기억은 쓰러져 누워 있어도/ 그나마 남은 시간 함께할 동반자들은/ 기억의 소자에 자리하고 있고

시집 『이브의 눈물』 142p 「그리고 더불어」 중에서

그리고 지난날 아내에 대한 부족했던 사랑으로 후회하는 것들을 표현하기도 했다. 지나 보면 다 알지만, 과거의 평범한 일상 그 자체가 어쩌면 행복이었다는 것을 완벽히 깨닫는 것이다.

때론 표정만 있고 말은 없었다/ 때론 미움이 있었고 배려도 없었다/ 그래도 묵묵히 살아왔다/ 어느 날 아픔이 쏟아져/ 별마저도 떨어지고 멍해지는 날/ 하염없는 눈물은 이유도 모르고 그냥 하염없더라/ 피할 수 없는 슬픈 현실에/ 속으로만 고백하며 두 뺨을 쓰다듬고/ '사랑한다' 한마디만으론/ 왜 이다지도 미안한지 '눈물만 흐른다'/ 어제도 그랬듯 '눈물만 흐른다'

시집 『행복한 줄도 모르고』 139p 「남자의 속」전문

이번에는 사람 사는 세상을 돌아보자. 사람 사는 세상 온통 물질 중심이다. 아니다, 아니다 하지만 결국 세상사 모든 게 돈과 연결된다. 그래서 황금만능시대이고 처녀 불알도 살 수 있다할 정도로 돈으로 안 되는 것이 없다고 한다. 어쩌면 여자처럼 마음대로 되지 않는 것이 돈인지도 모른다.

'그는 바람둥이다/ 바람난 개처럼 마냥/ 나가려고 몸부림친다/수흘게 왔다가 쉽게 나간다// 그렇다고/ 집착하거나/ 가두거나 묶어두면/ 그는 바람같이 물같이 사라진다// 향기있는 냄새가/그리워야 다가오는 것처럼/ 그가 좋아하는 것은/ 어떤 향일까'

「돈의 페르몬」 전문

또한 다른 한 편, 순수의 범주에서 바라보는 안목을 동반하기도 한다. 한편 「돈의 아이러니」에서는 법인세 23억 낸 그와 게임을 하는 장면이 나온다

법인세 23억 낸 그와 게임을 했습니다/ 난 법인세도 없고/ 소득세도 없고/ 다만 월마다 조금/ 눈물 한 방울씩만 흘릴 뿐인데/마주보며 게임을 했네요/ 그 속에 내가 있고/ 내 속에 그가 있고/ 추억을 나누었어요/ 주거니 받거니/ 또 주거니 받거니/돈이 아니더라 돈이 아니더라며/ 돈을 주고받았습니다/ 몇 시간의 시름 끝에/ 수십억의 세금을 낸 사람에게/ 나는 만 원짜리 한 장을 내밀고/ 그는 감사하다며 받아 쥐었습니다'

「돈의 아이러니」 전문

이 장면에서 주고받는 대화의 내용과 게임이 끝난 후의 결과까지 상세히 이야기하고 있다. 그러면서 우리네 사는 세상, 말과 현실의 괴리감을 예리하게 지적하려고 했다.

'뒹굴어 봤어요/ 이리저리로 팽그르르르/ 뒹굴어 봤다구요/ 주체 할 수 없는 자유를/ 휘둘러 보려고요/ 가끔 작동이 되는지/점검도 해 봐야겠어요/ 이쪽을 누르고 저쪽을 누르고/ 이쪽을 세우고 저쪽을 부여잡고/ 알 수 없는 신음소리를 쥐어짜 봐야겠습니다/ 어차피 시간만 가면, 또/ 한 주일이 채워지긴 하지만/ 비워야 채워지거든요'

「대를 잇는 힘」에서

우리 마음에 일주일이면 절로 채워져 비워내고 나면 또 채워지는 것, 그것이 무엇일까? 대를 잇는 그것이 무엇일까? 어쩌면 순백한 욕정을 논하는 단면이기도 하다. 삶의 벼랑에서 쏟아내는 카타르시스, 또한 절정에 따른 환희를 표현했다. 부르르 떠는 절정을 응축하며 내심 마음껏 발산, 열거했다.

결국 충족되지 못하는 현실을, 현실적 돌파를 위한 나르시시즘(narcissism)을 지향志向하는 리비도(libido)를 채택 자행한 것이다. 이런 것을 보면 과히 논하는 것은 외로움을 이겨내고 싶은 소망의 무의식을 적나라하게 나열한 것이라 할 수 있다.

디스토피아(dystopia)적 세계에 처한 자신을 시적 허용으로, 나는 차라리 유토피아(Utopia)를 그려 내고자 했다. 단순히 본능적으로 발하는 미동微動을 덕지덕지 갖다 붙이는 나만의 우매한 아집인지도 모른다.

'안과 밖은 구분이 없지만/ 선 밖은 밀림이다/ 두리번거리는 넥타이는/ 튀는 시간만큼 원숭이고/ 뛰는 시간만큼 타잔이다//

날마다 소리에 튀고 시간에 뛴다/ 꽁지가 타는 듯 내내 쫓겨 다녀야/ 젊음의 삵이라도 남는다/ 삵이 욕심이 되어/ 이자처럼 불어나는 욕망// 아!/ 그것이 기억의 명함이고/ 그것이 젊음의 이력서다/ 그러나 흔적이 없다'

「디지털 이력」전문

아날로그시대에서 디지털시대로 전환한 세상이 그리 오래지 않다. 언제부터인가 출근의 개념이 무의미해지고 근무도 재택근무다. 보이는 모습들이 보이지 않는 모습으로 전환되어 버렸다. 하지만 변하지 않는 것은 누군가의 꿈이고 그 꿈을 위한 삶으로 바쁘게 살아간다. 누구나 그렇게 살아간다. 무한경쟁 시대에 뛰지 않으면 도태된다. 뛰어야 산다. 뛰는 개성이 왕이다,

급격한 세상의 변화는 잠시만 정지해도 지난 데이터는 무의미한 정보가 된다. 심지어 나란 기억의 정보 또한 그렇다. 그런 삶에서 DEL키 한 번 누르면 순식간에 모든 정보는 흔적도 없이 사라지고 만다. 그때 지난 젊은 시절의 무한한 경쟁에 대한 기억 그것이 추억이 되기도 하지만 덧없는 허무에 빠지기도 한다.

이상과 같이 나는 내 시의 바탕은 내 생활에서 일어나는 일상을 적나라하게 표출코자 한 것이며, 또한 그 기억을 시라는 보관함 속에 저장하고자 시도했다.

이제 앞으로는 그래도 아직은 소멸되지 않고 다만 수축된 잠재 감성을 끄집어내어 아름답고 서정적인 이야기를 품어야겠다. 가슴을 열어야겠다. 예민한 동물적 촉감을 활용하여 내 감성을 찾고자 한다. 사랑이 어떤 모습을 하고 어디에 있는지 구석구석 찾아 나서야겠다고 생각한다.

바람의 눈빛으로

초판발행 2023년 11월 30일
지 은 이 이성두
펴 낸 이 김복환
펴 낸 곳 도서출판 지식나무
등록번호 제301-2014-078호
주   소 서울시 중구 수표로12길 24
전   화 02-2264-2305(010-6732-6006)
팩   스 02-2267-2833
이 메 일 booksesang@hanmail.net

ISBN 979-11-87170-58-7

값 10,000원